हवलदार बहादुर
और
अन्धे
के
हाथ बटेर
एक दिन सुबह-सुबह हवलदार बहादुर को कमिश्नर साहब का लिखित आदेश प्राप्त हुआ।
नेपाल सरकार ने कुछ दिन के लिए तुम्हारी सेवाएं मांगी हैं। तुरंत नेपाली दूतावास जाकर राजदूत थंगा थंगा थापा से मिलो।
संदेश पढ़कर हवलदार बहादुर आश्चर्य और खुशी से जड़वत् खड़े रह गये।
नेपाल सरकार ने मेरी सेवाएं मांगी हैं!
तभी—
अरे! क्या हुआ? ठण्ड से जम गए हो क्या?
च... चम्पाकली!
क्या है, कुछ बोलोगे भी?
पहले तू मेरे एक चिकोटी तो काट।
लो काटी!
आई...ई...ई! बस, छोड़ दे।

ही-ही-ही! क्यों, मज़ा आया?
मगर यह तो बता दो, तुमने मुझसे चिकोटी क्यों कटवाई थी?
हे... हे... हे...! दरअसल, मैं देखना चाहता था कि कमिश्नर साहब का यह संदेश मुझे कहीं सपने में तो प्राप्त नहीं हुआ था। जानती है, नेपाल सरकार ने मेरी सेवाएं मांगी हैं। हट जा सामने से, मुझे नेपाली दूतावास जाना है।
चुपकर! मैंने इतनी जोर से काटने को कहा था क्या? नाक उखाड़ दी मेरी। जा, दफा हो जा यहां से।
हवलदार बहादुर अपनी मोपेड पर सवार होकर नेपाली दूतावास पहुंच गये।
ओह! यह तो बन्द ही नहीं हो रही।
फिट... फिट...
फटाक... फटाक...
शोर सुनकर दूतावास का चौकीदार उनकी ओर लपका—
ओय! बंदकर यह शोर।
अरे वाह! बंद हो गई!
वाह उस्ताद! तुमने तो एक ही फटके में मेरी फटफटिया बंद कर दी। मेकेनिक हो क्या?
चुप! मैं यहां का चौकीदार हूं। तुम कौन हो?

मैं हवलदार बहादुर हूं और थंगा थंगा थापा साहब से मिलने आया हूं।
अंय! साहब ने कहा तो था कि कोई हवलदार आने वाला है, मगर यह साला तो पुलिस वाला लगता ही नहीं है।
हवलदार को संदिग्ध दृष्टि से देखते हुए चौकीदार ने उन्हें भीतर जाने की अनुमति दे दी और जब वह राजदूत थंगा थंगा थापा के ऑफिस में प्रविष्ट हुए-
ए! कौन हो तुम और अन्दर कैसे आए?
आई एम हवलदार बहादुर फ्रॉम रूपनगर थाना सर!
यू आर हवलदार बहादुर? आई डोंट बिलीव इट?
ही... ही... ही... मगर मैं हूं सर!
थंगा थंगा थापा ने तुरंत कमिश्नर साहब को फोन किया।
कमिश्नर साहब! हमने तो हवलदार बहादुर को भेजने की प्रार्थना की थी, लेकिन आपने जो आदमी हमारे पास भेजा है, वह तो उस ऊंट गाड़ी वाले का भाई लगता है, जो कल हमारा फर्नीचर लेकर आया था।
अंय! मुझे ऊंटगाड़ी वाले का भाई बता रहा है। बावला हो गया है।
कमिश्नर साहब ने जो जवाब दिया, उससे संतुष्ट होकर थंगा थंगा थापा ने फोन रख दिया।
ही-ही-ही- बैठिए। मुझे तो अब भी विश्वास नहीं हो रहा है कि आप वही हवलदार बहादुर हैं, जिन्होंने कसीनों के लुटेरों को गिरफ्तार करवाया था।
अजी वह तो मामूली काम था। अब तो आप मुझे यह बताइए कि मुझे क्यों याद किया है?

बात दरअसल यह है मिस्टर हवलदार बहादुर कि पिछले कुछ महीनों से नेपाल में अपराधियों का एक गिरोह सक्रिय है। वह लोग प्राचीन मन्दिरों से मूर्तियां चुरा लेते हैं। हमारी पुलिस उस गिरोह को पकड़ने में असफल हो चुकी है, इसलिए हमारे पुलिस कमिश्नर ने आपको नेपाल भेजने की सिफारिश की है। उनका विचार है कि सिर्फ आप ही उन चोरों को पकड़ सकते हैं।
ही... ही... ही...! बिल्कुल ठीक विचार है उनका। मैंने बड़े-बड़े चोरों को पकड़कर हवालात में सड़ा दिया है।
तो फिर आप तुरंत नेपाल के लिए प्रस्थान कीजिए। आपकी यात्रा के सारे प्रबंध हो चुके हैं।
ठीक है जी! मैं आज ही प्रस्थान कर जाता हूं।
हवलदार बहादुर जब नेपाल रवाना होने के लिए विमान में सवार हुए तो खुद को जेम्स बाण्ड से कम नहीं समझ रहे थे।
हिन्दुस्तान से नेपाल तक मेरी जासूसी का डंका बज गया है। वह बेचारा जेम्स बाण्ड तो आजकल बड़ा शर्मिन्दा हो रहा होगा। ही... ही... ही...!
फिर जैसे ही वह काठमाण्डो एयरपोर्ट पर विमान से उतरे—
वेलकम सर...!
आपने मुझसे कुछ कहा?
यस हवलदार बहादुर जी! मैं कमिश्नर साहब की सेक्रेटरी शशिबाला हूं और आपको रिसीव करने आई हूं। पिछले वर्ष यहां के सभी अखबारों में आपके चित्र छपे थे, इसलिए मैंने आपको देखते ही पहचान लिया।
बड़ी मेहरबानी जी आपकी, वरना मुझे तो बड़े-बड़े नहीं पहचान पाते। ही... ही... !

शशिबाला के साथ वह सरकारी गाड़ी में रवाना हुए।
आप जैसे मशहूर जासूस को अपने साथ देखकर मुझे बहुत प्रसन्नता हो रही है।
सभी को होती है जी! जेम्स बाण्ड भी जब मुझसे मिलता है, यही कहता है।
हवलदार ने डींग हांकी थी!
जेम्स बाण्ड? मगर वह तो एक काल्पनिक पात्र है। इयान फलेमिंग के उपन्यासों का हीरो...?
ही... ही... ही...! मैं उस जेम्स बाण्ड की बात नहीं कर रहा हूं जी। हमारे यहां भी एक जेम्स बाण्ड है, जो टॉफियां बनाने वाली कम्पनी के लिए मॉडलिंग करता है।
हवलदार ने तुरंत तुक्का भिड़ाया था!
तभी—
धाड़
उफ!
अरे! ये लोग तो...।
ड... डा... डाकू लगते हैं।
वह चारों गाड़ी की ओर बढ़े।
वह हमें लूटने आ रहे हैं। अब क्या होगा?
यह क्या कर रहे हैं आप?

हवलदार बहादुर कहां है?
यह बैठे हैं।
ओंय! यह तो मुझे ही ढूंढ़ रहे हैं।
अरे! आप इस तरह छुपकर क्यों बैठे हैं?
ही... ही... ही...! यह आप लोगों को डाकू समझ रहे हैं।
डाकू?
हा... हा... हा!
शशिबाला को उनके साथ हंसते देख हवलदार बहादुर का भय समाप्त हो गया और वह भी हंसते हुए उठे।
ही... ही... ही...! तो आप लोग डाकू नहीं हैं।
नहीं हवलदार जी! यह पुलिस के आदमी हैं और हमारी सुरक्षा के लिए गाड़ी के साथ चल रहे थे।
तो आपने पहले क्यों नहीं बताया? मैं तो इन्हें डाकू समझकर ठोंकने ही वाला था। अच्छा हुआ बच गए बेचारे।
मगर आप तो सीट के नीचे छुप गए थे।
हे... हे... हे...! वह तो मेरा एक्शन लेने का तरीका था। मैं हमेशा दुश्मन पर छुपकर वार करता हूं।
अच्छा ठीक है। अब आप हमारे साथ चलिए।

क... कहां?
हमें वायरलेस पर कमिश्नर साहब का संदेश मिला है। वह इस समय पुलिस चीफ के बंगले पर हैं। आपको सीधा वहीं बुलाया है।
पुलिस चीफ अपने बंगले में कमिश्नर साहब के साथ बिलियर्ड खेल रहे थे।
आपका वह हवलदार अभी तक नहीं पहुंचा कमिश्नर साहब?
मैंने उसे यहां लाने के लिए संदेश भेज दिया है सर! वह लोग आते ही होंगे।
तभी—
ओह! यहां तो गेंद-डंडा हो रहा है।
व्हाट...? हू आर यू?
हवलदार बहादुर!
सर! यही हैं हवलदार बहादुर।
नानसेंस! यह बिलियर्ड को गेंद-डंडा बोलता है। कैसा हवलदार है यह?
ही... ही... ही... मैं तो मजाक कर रहा था सर!
जी हां सर! यह बहुत मजाकिया आदमी है, मगर बहुत ही चालाक और बहादुर पुलिसकर्मी है।
ही... ही ... ही...!
मुझे तो यह पुलिसवाला ही नहीं लगता।

क्या बात करते हैं सर! मैं खानदानी पुलिसवाला हूं। पिछली सात पीढ़ियों से मेरे पुरखे अपराधियों की दुम में नमदा कसते चले आ रहे हैं।
इसीलिए तो हमने आपको यहां बुलाया है हवलदार बहादुर जी! नेपाल में इन दिनों कुछ चोरों ने काफी उत्पात मचाया हुआ है।
तो आप मुझे उन चोरों का पता बताइए मैं सब को पकड़कर हवालात में सड़ा दूंगा।
व्हाट नानसेंस? अगर हमें चोरों का पता मालूम होता तो हम तुम्हें क्यों बुलाते?
पुलिस चीफ को क्रोध में देखकर पुलिस कमिश्नर ने तुरंत बात बनाई।
लेकिन सर! हवलदार जी को चोरों के विषय में कुछ तो जानकारी देनी ही होगी। मैं इन्हें हैडक्वार्टर ले जाता हूं और केस की पूरी फाइल दिखा देता हूं।
ठीक है, ले जाइए।
कमिश्नर हवलदार बहादुर के साथ हैडक्वार्टर की ओर रवाना हुआ।
हवलदार जी! मैंने पुलिस चीफ से आपकी बहुत प्रशंसा की थी, लेकिन आपने उन पर अच्छा प्रभाव नहीं छोड़ा है।
मैं यहां कुछ छोड़ने नहीं आया हूं जी! चोरों को पकड़ने आया हूं।
हैडक्वार्टर पहुंचकर कमिश्नर ने केस की फाइल हवलदार बहादुर को दे दी और फिर उन्हें उनके होटल पहुंचा दिया।
फाइल जाए भाड़ में। पहले इस नरम बिस्तर पर एक नींद निकालता हूं।

बिस्तर पर लेटकर उन्होंने सोचा।
मूर्ति चोरों को तलाश करने का सबसे अच्छा तरीका यह है कि प्राचीन मूर्तियों का खरीदार बनकर यहां के बदनाम होटलों और क्लबों में घूमा जाए।
शाम को उठकर उन्होंने अपने सूटकेस से मेकअप का सामान निकाला और तैयार होने लगे।
ऐसा मेकअप करूंगा कि चोर मुझे धाकड़ तस्कर समझेंगे।
होटल से बाहर आकर उन्होंने एक टैक्सी ली।
मुझे किसी ऐसे क्लब में पहुंचा दो, जहां शहर के बड़े-बड़े गुण्डों और बदमाशों का आना-जाना हो।
यह साला खुद तो काकड़ी पहलवान है। बड़े बदमाशों के क्लब में जाकर क्या करेगा?
ड्राइवर ने उन्हें एक बदनाम क्लब में पहुंचा दिया।
यह जगह ठीक है। सभी दस नम्बरी लगते हैं।
हवलदार सीधे बार काउंटर पर पहुंचे।
भइया, जरा सुनो... !
पहले अपना यह हुक्का पीछे करो। मेरी नाक जल जाएगी।

इसको हुक का नहीं, पाइप कहते हैं उल्लू।
उल्लू! हमको उल्लू बोला तू। गुर्र... गुर्र...!
तूने भी तो मेरे पाइप को हुक्का बोला था। मैंने उल्लू कहकर हिसाब बराबर कर लिया। ही... ही... ही...
अच्छा ठीक है। अब यह बोल तेरे को क्या चाहिए?
मुझे एक मूर्ति चाहिए।
मूर्ति?
और –
तेरे को यह मूर्तियों की दुकान दिखती है साले!
ढिशुम
आह!
धाड़
ओय! यह क्या किया तूने?
म... मैंने कुछ नही किया जी!

तो फिर मैंने भी कुछ नहीं किया।
आह!
अबे ओय..!
फचाक
ऐं...!
ही... ही... ही...! मैंने कुछ नहीं किया।
धाड़
अबे कव्वे!
आह!
यह आदमी पागल है। साले को उठाकर फेंक दो।
वेटरों ने उन्हें उठाया और बाहर ला पटका।
हाय मेरी कमर...
धाड़

तभी एक शराबी उनके निकट पहुंचकर रुका।
हिच... आपको उस बारमैन ने बाहर फिकवाया साहब...?
हां, वह साला पागल है। मैंने उससे मूर्ति के बारे में पूछा और उसने घूंसा चला दिया।
मूर्ति! आपको मूर्ति की तलाश है... हिच...?
हां!
तो उठिए और मेरे साथ चलिए... मैं आपको दिखाता हूं मूर्ति कहां है?
तुम दिखाओगे...?
आप आइए तो सही साहब...!
चल बेटा! मुझे तो लगता है, तू ही मूर्तियों का चोर है।
शराबी उन्हें लेकर एक गोदाम जैसी जगह पहुंचा।
ओय!
यहां तो इनका पूरा गिरोह मौजूद है।
आओ साहब!

ओय गुल्लू! यह किसे पकड़ लाया?
पकड़ कर नहीं लाया उस्ताद! यह खुद तुम्हें देखने आया है।
क्यों बे, मैं क्या ताजमहल हूं जो मुझे देखने आया है?
ही...ही... ही...! मैं तुम्हें नहीं देखने आया। मैं तो मूर्ति...।
मैं ही मूर्ति हूं। राम मूर्ति नाम है मेरा। बोल, क्या काम है?
क्या मतलब?
मतलब यह कि मुझे एक मूर्ति खरीदनी है मैंने सुना है कि तुम्हारे पास चोरी की मूर्तियां हैं। मैं उन्हें खरीदकर अपने देश ले जाना चाहता हूं।
वाह क्या बात है! नाम भी मूर्ति और धंधा भी मूर्तियों का है।
अच्छा-अच्छा! तो तू प्राचीन मूर्तियों का तस्कर है?
हां जी! ठीक पहचाना ही...ही ही...।

अचानक—
ढिशुम
उफ़!
अबे ओय! यह क्या बदतमीजी है?
पकड़ लो इस तस्कर की दुम को और छत से उल्टा लटका दो।
सबने मिलकर हवलदार को दबोच लिया
ओय! छोड़ दो।
क्यों, मूर्ति नहीं लेगा?
और उनके पैरों में रस्सी बांधकर छत से उल्टा लटका दिया गया।
अब बता कितनी मूर्तियां चाहिए?
मुझे नहीं चाहिए, मुझे छोड़ दो
कमीने! जिस देश में मैं रह रहा हूं, तू उस देश की प्राचीन मूर्तियां खरीदने आया है।
ढिशुम
हाय रे!

मूर्ति उस्ताद ! इसे पुलिस के हवाले कर देना चाहिए। मुझे लगता है, यह उन्हीं चोरों का साथी है, जो मन्दिरों से मूर्तियां चुराते हैं।
ठीक है, तू जाकर पुलिस को बुला ला।
ओह ! यह लोग चोर नहीं हैं। उस शराबी ने मुझे मरवा दिया।
एक आदमी पुलिस को बुलाने चला गया था।
ही... ही... ही...! मूर्ति उस्ताद, तुम पुलिस को बेकार ही कष्ट दे रहे हो। जरा मेरी बात सुनो। उफ...।
तड़ाक
चुप!
कुछ देर में वह आदमी पुलिस को लेकर पहुंच गया।
हे... हे... हे... ! क्यों मूर्ति उस्ताद ? सुना है, तुमने किसी तस्कर को पकड़ा है ?
हां साहब ! उल्टा लटका दिया है साले को।
इंस्पेक्टर साहब! मेरी बात सुनिए, मैं तस्कर नहीं हूं।
फिर क्या है तू ?
मैं तो जासूस हूं। मूर्ति-चोरों की तलाश कर रहा हूं।
यह झूठ बोल रहा है इंस्पेक्टर साहब! यह साला यहां चोरी की मूर्तियां खरीदने आया था, मगर इसको पता नहीं कि मूर्ति कोई ऐसा धंधा नहीं करता, जिससे अपने देश को हानि पहुंचे।

शाबाश मूर्ति उस्ताद ! तुमने इसे पकड़कर कानून की मदद की है। अब इसकी जासूसी मैं थाने ले जाकर निकालूंगा।
इंस्पेक्टर साहब ! आप मेरा विश्वास कीजिए मैं तस्कर नहीं हूं, हवलदार हूं।
हवलदार ! हा... हा... हा...! नीचे उतारो इसे। अभी इसकी हवलदारी निकालता हूं!
मुझे हाथ न लगाना इंस्पेक्टर, वरना कमिश्नर साहब से तुम्हारी शिकायत कर दूंगा।
इंस्पेक्टर ने उन्हें नीचे उतारा।
पहले थाने चल। कमिश्नर साहब को मैं वहीं बुला दूंगा।
तड़ाक
हवलदार बहादुर ने इंस्पेक्टर को बहुत समझाने की कोशिश की, मगर वह कुछ सुनने को तैयार न हुआ और उन्हें लॉकअप में डाल दिया।
सत्यानाश हो इस इंस्पेक्टर का। यहां से मुझे कमिश्नर साहब ही छुड़ा सकते हैं, मगर उन्हें खबर कैसे हो?
उधर इंस्पेक्टर ने कमिश्नर साहब को फोन करके सूचना दी।
सर! मूर्ति चोर गिरोह का एक आदमी हाथ लगा है। मैंने उसे लॉकअप में बंद कर दिया है।
गुड! मैं अभी आता हूं।

कुछ ही देर में कमिश्नर साहब थाने पहुंच गए।
कमिश्नर साहब
आंय! यह तो हवलदार की आवाज है।
सिर्फ आवाज ही नहीं, मैं पूरे का पूरा हवलदार बहादुर हूं। यह देखिये।
अरे हां! मगर आप यहां कैसे?
ओह! यह तो सचमुच का हवलदार निकला।
आपके इस मूर्ख इंस्पेक्टर ने मुझे तस्कर समझकर लॉक-अप में बंद कर दिया, जबकि मैं भेष बदलकर मूर्ति चोरों की तलाश में निकला था।
यह क्या किया तुमने इंस्पेक्टर? हवलदार बहादुर हमारे मेहमान हैं।
इंस्पेक्टर ने कमिश्नर को विस्तार से बहादुर की गिरफ्तारी का किस्सा सुनाया तो कमिश्नर मुस्कराकर रह गया।
कमिश्नर अपनी जीप में हवलदार बहादुर को उनके होटल लाकर छोड़ा और कहा–
हवलदार जी! मुझे आपका जासूसी करने का तरीका पसंद नहीं आया। आगे से आप कोई भी योजना बनायें तो मुझे उसकी जानकारी जरूर दे दीजिएगा, ताकि मैं जरूरत पड़ने पर आपकी मदद कर सकूं।
ठीक है जी!

अगली सुबह हवलदार बहादुर ने एक प्लान तैयार किया और पुलिस हैडक्वार्टर की ओर रवाना हुए।
मेरा प्लान सुनकर कमिश्नर मेरी जासूसी का कायल हो जायेगा।
टैक्सी एक सुनसान सड़क से गुजर रही थी। तभी–
ओय! रास्ता छोड़ो!
जीप से दोनों व्यक्ति उतरकर टैक्सी की ओर बढ़े।
ओह! यह शायद पुलिस के आदमी हैं।
मुझे तो यह डाकू लगते हैं साहब!
अरे नहीं! यह पुलिस के आदमी होंगे। हम भी पुलिस वाले ही हैं।
निकट आकर उनमें से एक ने टैक्सी में झांका।
तुम हवलदार बहादुर हो?
ठीक पहचाना तुमने। क्या कमिश्नर साहब का संदेशा लाए हो।
कमिश्नर का नहीं, मौत का संदेशा लाए हैं।
म...म मौत का...?

हां! नीचे उतरो।
ऐ! यह क्या बदतमीजी है? कमिश्नर साहब से कहकर सस्पैण्ड करा दूंगा।
तेरी और कमिश्नर की तो ऐसी की तैसी।
हम पुलिस वाले नहीं हैं बेटे...।
तुम पुलिस वाले नहीं हो तो... तो मैं भी हवलदार नहीं हूं। मुझे छोड़ दो
इसे ले जाकर जीप में बिठाओ। मैं टैक्सी वाले से निपटता हूं।
टैक्सी वाला पहले ही भयभीत हो चुका था। उसने तुरंत रिवर्स गियर लगाया और–
अबे ओय रुक जा। मुझे छोड़कर कहां जा रिया है?
तू हमारे साथ चलेगा।
न... नहीं, मैं नहीं जाऊंगा।

जाएगा कैसे नहीं बेटे?
आह!
धाड़
हाय रे, मार डाला।
ढिशुम
फिर दोनों ने उन्हें उठाया और ले जाकर जीप में पटक दिया।
हाय मरा!
धाड़
फिर एक ने उनकी आंखों पर पट्टी बांध दी।
अरे! यह क्या करते हो ज़ालिमों! अब क्या लुक्का-छुप्पी खेलोगे?
चुप होकर बैठो।
जीप उन्हें लेकर रवाना हो गई।
हा... हा... हा...!
ही... ही... ही...!
जीप कुछ देर सड़कों पर दौड़ती रही।
कहां ले जा रहे हो मुझे? छोड़ दो, नहीं तो मैं एक-एक को हवालात में सड़ा दूंगा।

एक पुराने खण्डहर के निकट जीप रुक गई और हवलदार को पकड़कर नीचे उतारा गया।
भीतर एक कमरे में गुण्डों का सरदार अपने एक साथी के साथ बैठा था
वह लोग उस भारतीय जासूस को पकड़कर लाते ही होंगे।
तभी —
हाय, मार डाला।
धाड़
यह किसे पकड़ लाए तुम लोग? मैंने तो हवलदार बहादुर को लाने को कहा था?
यही तो वह हवलदार बहादुर है सरदार!
हा... हा... हा...! यह हवलदार बहादुर है। हा...हा...हा...! इसे कमिश्नर ने बुलाया है, हमें पकड़ने के लिए? हो... हो... हो...!
गुर्र...! मजाक उड़ा रहा है। हिन्दुस्तान में होता तो हवालात में बंद करके सड़ा देता साले को।

क्यों बे, तू हमें पकड़ने आया है?
हां!
इतना सुनते ही—
मारो साले को।
नहींऽऽ!
ताड़
आई...ई... ई...!
एक ने हवलदार को गर्दन से पकड़कर उठाया और—
ढिशुम
हाय!
ताड़
हाय चम्पाकली..!

मुझे चम्पाकली कहता है। मैं तुझे औरत नजर आता हूं साले ?
ठाक
उफ !
कुछ ही देर में हवलदार का हुलिया बिगड़ चुका था।
आह...! आई... ई... ई...!
सरदार उठकर हवलदार के निकट पहुंचा।
अब बोल हमें पकड़ने का बुखार तेरे दिमाग से उतरा या नहीं?
मैं किसी को नहीं पकडूंगा। मुझे जाने दो।
ठीक है। हम तुझे छोड़ रहे हैं, मगर कान खोलकर सुन ले, अगर दोबारा हमारी जासूसी करने की कोशिश की तो तेरी गर्दन काट दी जाएगी। बेहतर यही है कि तू वापस हिन्दुस्तान चला जा।
ठीक है जी!
इसे वापस छोड़ आओ, अगर यह दुबारा जासूसी करता हुआ नजर आए तो मुण्डी उड़ा देना।
चल बे...!

दोनों गुण्डे हवलदार को लेकर चले गए तो सरदार ने अपने साथी से कहा—
हम बेकार ही डर रहे थे मुरारी ! यह हवलदार तो चिड़ीमार की औलाद निकला है, वह वापस हिन्दुस्तान भाग जायेगा।
हाँ, वह बहुत डर गया है। अब हमें उससे कोई खतरा नहीं है। आज रात हम अपना काम निपटा देते हैं !
ठीक है। मैंने सारे प्रबंध कर लिए हैं। आज रात वह कीमती मूर्ति हमारे हाथ लग जानी चाहिए।
ठीक है सरदार ! मैं एक बार वहां जाकर स्थिति को अच्छी तरह समझ आता हूं।
उधर हवलदार बहादुर अपने होटल के कमरे में भयभीत हुए पड़े थे।
वे बदमाश बहुत खतरनाक हैं। मैं तो बाज आया ऐसी जासूसी से। कमिश्नर से कोई बहाना करके जान छुड़ा लूंगा।
कुछ देर बाद वह अपना हुलिया ठीक करके कमरे से बाहर निकले।
होटल में रहूंगा तो कमिश्नर का बुलावा आ सकता है। आज की रात बाहर घूम कर बिताता हूं। कल सुबह ही तबीयत खराब होने का बहाना करके यहां से वापस अपने देश चला जाऊंगा।
सरदार के आदमी निगरानी कर रहे होंगे। उसने कहा था कि मुझ पर नजर रखी जाएगी।

घूमते-घूमते वह नेपाल के राष्ट्रीय संग्रहालय के सामने जा पहुंचे।
संग्रहालय! कुछ समय यहीं बिताता हूं।
राष्ट्रीय संग्रहालय नेपाल
संग्रहालय के भीतर काफी भीड़ थी।
ओह! यहां तो देखने लायक चीजें हैं।
हॉल के बीच रखी एक प्रतिमा के इर्द-गिर्द काफी दर्शक खड़े थे। हवलदार बहादुर भी वहीं पहुंच गए।
यह क्या चीज है भाई?
यह नेपाली प्राचीन कला का नमूना है। इस तरह की दुर्लभ मूर्ति पूरे विश्व में और कहीं नहीं मिलेगी।
इसमें दुर्लभ क्या है? पत्थर की ऐसी बहुत-सी मूर्तियां बाजार में मिलती हैं।
गधे हैं आप! क्या प्राचीन कलाकृति और साधारण पत्थर की मूर्ति में कोई अंतर नहीं होता? जानते हो इस मूर्ति को खरीदने के लिए यूरोप के एक संग्रहालय ने पांच लाख डॉलर की ऑफर दी थी।
पांच लाख डॉलर!

तभी उनकी नजर हॉल में प्रवेश करते एक व्यक्ति पर पड़ी।
ओह! यह तो उसी मूर्ति चोर सरदार का साथी है।
मुरारी को देखते ही हवलदार बहादुर को अपनी धुनाई याद आ गई।
अगर इसने मुझे यहां देख लिया तो यही समझेगा कि मैं इसका पीछा कर रहा हूं।
मुरारी एक जगह खड़ा होकर चारों ओर इस तरह देख रहा था, जैसे किसी को ढूंढ़ रहा हो।
लगता है, वह मुझे ही ढूंढ़ रहा है। इसकी नजरों से बचना होगा।
एक बार मुरारी ने पीठ उसकी ओर घुमाई तो वह तेजी से ऊपर जाने के लिए सीढ़ियों की ओर लपके।
ऊपर जाकर इसकी नजरों से बच सकता हूं।
सीढ़ियां चढ़ते ही एक कमरे का दरवाजा था।
यहीं छुप जाता हूं।

आंय! यह सब क्या है?
दर्शकों के साथ एक गाइड भी था। वह दर्शकों को बता रहा था।
यह रोमन योद्धा का जिरहबकतर है। पिछले वर्ष नेपाल के महाराजा रोम की यात्रा पर गए थे तो वहां के एक संग्रहालय ने उन्हें यह भेंट किया था।
दर्शकों का वह दल कुछ देर बाद कमरे से बाहर निकल गया। हवलदार बहादुर वहां अकेले रह गए।
मैं अभी बाहर नहीं जाऊंगा। उस बदमाश ने देख लिया तो मेरी मुण्डी काट डालेगा।
तभी उनकी नजर कोने में रखी एक अलमारी पर पड़ी, जिसकी ओट में एक कुर्सी भी रखी थी।
कुछ देर वहां बैठता हूं।
वह दुबककर कुर्सी पर बैठ गए। आराम से बैठते ही अपनी आदतानुसार वह ऊंघने लगे और कुछ ही देर में सो गए।
खर्र... खर्र... र्र...
शाम को संग्रहालय बंद होने के समय जिरहबकतरों वाले कमरे में सोते हुए हवलदार पर किसी की नजर नहीं पड़ी थी।

काफी देर बाद जब हवलदार बहादुर की नींद टूटी।
अरे! क्या मैं सो गया था?
तुरंत ही उन्हें आभास हो गया कि उनके सोने के दौरान संग्रहालय बंद हो चुका है और वह अंदर कैद होकर रह गए हैं।
अब तो रात यहीं बितानी पड़ेगी।
उधर संग्रहालय की दीवार के बाहर मूर्तिचोर गिरोह का सरदार और उसका साथी मुरारी खड़े थे।
इस खिड़की के रास्ते हम अंदर पहुंच जाएंगे सरदार। शाम को मैं यहां से लौटते समय भीतर से खिड़की की चिटखनी खोल गया था।
अंदर कोई चौकीदार तो नहीं होगा?
एक चौकीदार अंदर बड़े हॉल में रहता है। शेष दो इमारत के फाटक पर होंगे। हमें सिर्फ अंदर वाले चौकीदार से निपटना होगा।
ठीक है। तो फिर चलो, पहले मुझे ऊपर चढ़ाओ।
मुरारी के कंधों पर चढ़कर सरदार ने खिड़की खोल दी।

फिर अंदर कूदकर मुरारी को भी ऊपर खींच लिया।
आ जा।
उधर हवलदार बहादुर जब अकेले बैठे-बैठे ऊब गए तो उन्हें एक खुराफात सूझी।
रोमन योद्धा का यह जिरहबकतर पहनकर देखना चाहिए। वह लोग इसे पहनकर कैसे लड़ते होंगे?
अरे बाप रे! यह तो बहुत भारी है।
बड़ी कठिनाई से वह जिरहबकतर अपने शरीर पर चढ़ाने में सफल हो गए।
हा-हा-हा! मैं तो रोमन योद्धा बन गया हूं।
अब जरा चलकर देखता हूं। उफ! कदम भी नहीं उठाया जाता।
तभी—
ई...ई...ई!
धाड़
आंय! यह आवाज़ कैसी थी?
नीचे से कुछ आवाजें सुनाई दी तो हवलदार बहादुर चौंक पड़े।

नीचे कोई है। शायद यहां का पहरेदार, मगर वह चीखा क्यों? चलकर देखना चाहिए।
खट...खट...
जिरहबकतर के भारी जूतों के कारण चलने पर अजीब-सी आवाज़ उभर रही थी।
दरवाजे से बाहर निकलकर वह सीढ़ियों के किनारे पर पहुंचे।
ओह! यह दोनों तो वही दुर्लभ मूर्ति उठा रहे हैं।
तभी अचानक उनका संतुलन बिगड़ा–
ओह... आई... ई... ई...!
धड़... धड़ाम
य...यह क्या चीज है मुरारी?
प.. पता नहीं सरदार!
जिरहबकतर के कारण हवलदार अजीब-सी चीज ही नजर आ रहे थे।
नीचे पहुंचकर हवलदार रुके। जिरहबकतर के कारण उनके चोट नहीं आई थी, इसलिए उन्होंने खड़े होने की कोशिश की।
य... यह... कहीं भूत तो नहीं है मुरारी?
भूत ही लगता है सरदार! गोली मार दो इसे!
सरदार ने तुरंत जेब से रिवाल्वर निकाला। इतनी देर में हवलदार बहादुर उन दोनों को पहचान चुके थे और उन्होंने यह भी सुन लिया था कि सरदार उन्हें गोली मारने वाला है। वह डरकर चिल्लाए–
नहींऽऽऽ

उनकी चीख से घबराकर सरदार ने फायर कर दिया।
उफ!
धांय
ठाक
गोली फौलाद के जिरहबकतर से टकराई थी।
पल भर के लिए तो हवलदार बहादुर की सिट्टी-पिट्टी गुम हो गई थी, लेकिन जैसे ही उन्हें अहसास हुआ कि जिरहबकतर के कारण उनकी जान बच गई है तो उन्होंने खुशी से ठहाका लगाया।
हा... हा... हा...!
साथ ही वह आगे बढ़े।
उनको अपनी ओर बढ़ते देखकर सरदार और मुरारी की हालत खराब हो गई।
सरदार! इस पर तो गोली ने असर ही नहीं किया।
भागो मुरारी!
उनके भागने से पहले ही हवलदार ने निकट पहुचकर अपना हाथ घुमाया।
धाड़
आह!
सरदार ने पलटकर भागना चाहा तो वह मूर्ति के स्टैण्ड से टकरा गया।
धाड़
आह!
मूर्ति उसके सिर पर गिरी और वह वहीं पड़ा रह गया।
अब हवलदार ने देखा कि हॉल में एक तरफ चौकीदार की वर्दी में एक व्यक्ति और बेहोश पड़ा था।
ओह! तो इन दोनों ने चौकीदार को बेहोश कर दिया था और यह मूर्ति चुरा कर भागने वाले थे। अब मैं समझा। शाम को यह बदमाश यहां मुझे ढूंढने नहीं आया था, बल्कि मूर्ति चोरी करने का चक्कर चलाने आया था।

फिर स्वयंमेव ही उनके मुख से ठहाका फूट पड़ा —
हा... हा... हा...! आज फिर भाग्य ने मेरा साथ दिया है। मैं तो डरकर यहां छुपा था और बात बन गई। वाह भगवान वाह! तेरा भी जवाब नहीं।
सरदार की चलाई हुई गोली की आवाज बाहर वाले चौकीदारों ने सुन ली थी। वह जब भीतर आए —
ओह! यह कौन है?
डरो नहीं। मैं हवलदार बहादुर हूं। देखो, मैंने मूर्ति चुराने आए दो चोरों की खाट खड़ी कर दी है।
चौकीदारों की समझ में कुछ नहीं आया था, लेकिन उन्होंने तुरन्त ही पुलिस को सूचना दे दी थी। कुछ ही देर में पुलिस वहां पहुंच गई। कमिश्नर साहब भी पुलिस पार्टी के साथ आये थे।
यह सब क्या है हवलदार बहादुर जी?
मेरी जासूसी का कमाल है जी! हे... हे... हे...!
सरदार और मुरारी ने पुलिस के सामने स्वीकार कर लिया था कि वही मन्दिरों और संग्रहालयों से मूर्तियां चुराते थे। अगले दिन नेपाल के सभी अखबारों में मूर्ति चोर गिरोह की गिरफ्तारी का समाचार और हवलदार बहादुर की बहादुरी के किस्से छपे थे।
समाप

9789391460037

FCW - #0281 - 061026 - C32 - 210/148/2 - PB - 9789391460037 - Gloss Lamination